I0556932

أسوار القلب

اعتراف..

لست أدري كيف أبدأ معكم قصتي هذه!

كيف أرويها على الورق!

إنني لم أتصوَّر أبدًا أن يأتي يوم، أحتاج فيه إلى نقل مشاعري، بأية صورة من الصور..

حتى الكتابة..

وحتى لو كنت أنقل هذه المشاعر لنفسي فقط..

ولكن شيئًا ما في أعماقي تغير بالتأكيد..

وهذا يدهشني..

ويقلقني..

ولكن مهلًا.. قبل أن أروي لكم قصتي، دعوني أقدِّم لكم نفسي..

اسمي (غزل).. (غزل سليم).. عمري ثمانية وعشرون عامًا.. تخرَّجت منذ أربعة أعوام فحسب في كلية التجارة، التي قضيت فيها حوالي ست سنوات كاملة، لم أبال خلالها بالنجاح أو الرسوب، كما لو أنني قد التحقت بها فقط لاستكمال الشكل الاجتماعي، والحصول على لقب (جامعية)، الذي يرفعني إلى درجة محترمة في المجتمع..

ولكنني، ومنذ كنت في الثامنة عشرة من عمري، أعمل في مجال يختلف تمامًا عن عالم التجارة والاقتصاد، وإدارة الأعمال..

في مجال السياحة..

زملائي وزميلاتي كانوا ينظرون إلى بإعجاب وانبهار؛ لأنني تعلَّقت بالحياة العملية مبكرًا، وأصبحت أحصل على راتب جيد، وخبرة لا بأس بها في هذا المجال..

هذا، لأن أحدًا منهم لم يفهم أو يدرك لماذا اخترت العمل، في هذه السن المبكرة..

الواقع أنني ابنة متوسطة في أسرتي، لي شقيقة تكبرني، وشقيق يصغرني، وهذا يضعني في موقف سخيف، فشقيقتي الكبرى هي البكرية المدلَّلة، وشقيقي الأصغر هو الولد، الذي كاد أبي يطير فرحًا لمولده، وهو آخر العنقود، الذي يحظى بكل الحب والدلال..

أما أنا، فلا أحد يشعر بي مطلقًا..

لا أحد يهتم بمشاعري، أو أحاسيسي، أو يبالي باهتماماتي أو ميولي..
لا أحد..

حتى عندما أصاب بالمرض، وأرقد في فراشي محمومة، يكتفون بالبحث عن بقايا المضاد الحيوي، الذي ابتاعوه بسرعة البرق، عندما سعلت شقيقتي الكبرى مرة، أو خافض الحرارة، الذي خرج والدي لشرائه بعد منتصف الليل، عندما ارتفعت درجة شقيقي الأصغر نصف درجة، بعد ثلاث ساعات من اللهو في الشارع تحت شمس الصيف..

وبعدها لا أحد يسأل أو يهتم..

كنت أتناول الدواء بنفسي، وأغمر رأسي بالماء البارد مرات ومرات، حتى أشفي تمامًا، ويستعيد جسدي صحته، وتعاني أعماقي من جرح غائر في المشاعر..

ثم اعتدت عدم اهتمامهم بي، وألفته، وبدأت أرفض بنفسي أن يبدي أحدهم ولو لمحة واحدة من الاهتمام تجاهي، حتى لو كانت مجرد السؤال عن صحتي..

وفي أعماقي، تولّدت رغبة قوية في أن أثبت لهم جميعًا أنني الأفضل، وأنهم أخطأوا كثيرًا بتجاهلي..

ولم أعد ألجأ لأحد منهم قط، حتى أبي، لم أعد أطالبه بمصروفي، وهو لم يسألني يومًا عما إذا كنت أحتاج إليه أم لا، وكأنما ارتاح لعدم مطالبتي به..

وهكذا التحقت بالعمل، في أول فرصة لاحت لي..
وتفانيت فيه بكياني كله.

كنت أريد أن أثبت للجميع أنني ناجحة، قوية.. وأنني أفضلهم..

ونجحت في عملي، في هذه السن المبكرة، واكتسبت فيه خبرة لا بأس بها، وحصلت منه على دخل جيد، كنت أبتاع منه كل ما أحتاج إليه من ثياب، وأحذية، وحقائب، وأدوات زينة..

وحتى الكتب والمراجع الجامعية..

ولم يتحمل والدي قرشًا واحدًا بشأني، منذ ذلك الحين، ولم يحاول إخفاء هذا، وإنما راح يعلنه للجميع في فخر، مؤكدًا أنني أفضل أبنائه، وأنجحهم..

وعلى الرغم من هذا، فإن شيئًا لم يتغيَّر..

إلا إلى الأسوأ.

صحيح أن الجميع اعترفوا بنجاحي في مجال السياحة، إلا أن هذا لم يدفعهم إلى الاهتمام بي، بل على العكس، زاد من لا مبالاتهم بوجودي، متصورين أن (غزل) أصبحت أقوى وأصلب من أن يشغلوا أنفسهم بأمرها..

والعجيب أنني تقمّصت نفس الشخصية، التي أضفوها عليَّ، مع مرور الوقت..

أصبحت أكسو نفسي بغلاف من القوة والصلابة.. وربما الصرامة أيضًا، وخصوصًا في عملي، حيث تتعرَّض الأنثى – في المعتاد – إلى كثير من المضايقات، التي تحتاج منها إلى الحزم والصرامة واللباقة معًا، حتى لا تفقد جديتها في العمل، أو احترام الزملاء والعملاء لها..

وبعد تخرجي في كلية التجارة، التي تعثرت فيها طويلًا، ازداد تعلقي بالعمل، وازددت انغماسًا فيه، وكأنني أجد فيه السلوى والاهتمام، اللذين أفتقر إليهما في منزلي..

كنت أعمل طوال الوقت، وأبذل أضعاف ما يبذله الزملاء في العمل، على الرغم من حصولي على الأجر نفسه، الذي يحصل عليه الآخرون، وتصدّيت في صرامة للكثيرين، الذين حاولوا إلقاء شباكهم حولي، والعزف على أوتار مشاعري..

والعجيب أنني، وطوال سنوات العمل والدراسة، لم أشعر بالانجذاب تجاه أي رجل التقيت به.. بل على العكس، كنت أشعر وكأنني أكثر قوة وحزمًا منهم جميعًا، وأن قلبي لا يمكن أن يخفق لأي منهم، مهما كانت الظروف..

ولم يرق هذا لأمي أبدًا..

كانت كأي أم مصرية، تريد أن تفرح بابنتها، وتطمئن إلى أنها قد استقرت في منزل زوجها، وصارت زوجة، وربة أسرة، وأم..

وكان هذا أكثر شيء أرفضه وأتحاشاه، في العالم كله..

فكرة الزواج كانت تصيبني بالذعر والفزع، وأنا أتخيَّل نفسي داخل منزل، يجهدني تنظيفه وتنسيقه، من الصباح إلى المساء، وبه طفل أو طفلان، لابد من رعايتهما والاعتناء بهما وبمتطلباتهما، وبعدها يعود زوجي إلى المنزل، مطالبًا بمن يعتني به، ويتزَّين له، ويعدّ طعامه وشرابه، وثيابه، و...

لا.. مستحيل! لا يمكنني أن أتخيَّل نفسي في هذا الموقف قط، على الرغم من أن أمي تستحثني عليه طوال الوقت، وخاصة بعد زواج شقيقتي الكبرى، وسفرها مع زوجها إلى مقرّ عمله، في إحدى دول النفط..

ولم تتوقف أمي عن محاولات تزويجي أبدًا، ولم أتوقف أنا عن الرفض بكل إصرار وعناد، بل ومكابرة في بعض الأحيان، وتحولت - عمدًا - إلى آلة فرز دقيقة، أرفض هذا لأنه أصلع، وذاك لأنه لا يحسن انتقاء ثيابه، وثالث لأن أمه لم تحصل على شهادة جامعية، ورابع لأن شقته في منطقة غير ملائمة، و..، و..، و...

كل هذا وأمي تشد شعرها غيظًا، وتحاول إقناعي بأن كل هذه الأسباب لا تعيب الرجل، الذي لا ينقص من قدره سوى جيبه، ومقدار ما يحويه من أموال، على حد قولها، دون أن تدرك أن الذي أرفضه فعليًا ليس هذا أو ذاك..

إنها فكرة الزواج نفسها..

بل لقد كنت أرفض مجرد فكرة الارتباط بأي رجل كان، لأنني لم أؤمن بوجود رجال حقيقيين في زمننا هذا..

حتى قابلت (جلال)..

وهنا بدأت قصتي..

قصتي الحقيقية.

☆☆☆

جلال..

منذ تخرَّجت في كلية التجارة، وابتلعتني دوَّامة العمل في مجال السياحة، انكمشت دائرة معارفي إلى حد كبير، وأصبحت تقتصر على ثلاث من الصديقات فحسب.. (نهى)، و(علا)، و(سمر)، وثلاثتهن لم يعملن أبدًا في مجال السياحة، وإنما كانت الأولى صديقتي منذ سنوات الدراسة، والثانية جارتي، والثالثة زميلة لشقيقتي الكبرى، شعرت بالارتياح والصفاء معي، بأكثر مما شعرت بهما مع شقيقتي، فارتبطنا بصداقة وثيقة، لم تنفصم عراها قط، طوال سنوات تعارفنا الطويلة..

وفي ذلك اليوم، كنت مدعوَّة إلى حفل عشاء بسيط، أقامه خطيب (سمر) لصديقاتها وأصدقائه، احتفالًا بعقد قرانهما، الذي اقتصر على حفل بسيط محدود، لم يحضره سوى أقاربهما المقربين..

وكالمعتاد، كنت محط أنظار الجميع، على نحو يثير حسد الأخريات، فقد نسيت أن أخبركم أنني أتمتع بجمال يتجاوز الحدود الطبيعية، وبقوام جميل، أبذل جهدًا خرافيًا للحفاظ عليه والعناية به، وببشرة بيضاء صافية، أستحم ثلاث مرات يوميًا، لأحافظ على نقائها..

وأنا أشعر دائمًا بالزهو والسعادة، في مثل هذه المواقف، وبأنني نجحت في أن أصبح الأفضل، حتى في مضمار الأنوثة، الذي أرفض خوض السباق الطبيعي فيه..

ثم وصل (جلال)..

لم أشعر بقدومه في البداية، إلا أنني لاحظت نظرات الجميع إلى بقعة ما خلف ظهري، ولمحت في عيون صديقاتي نظرة مبهورة، نفهمها نحن بنات حواء، وقبل أن ألتفت إلى حيث ينظرون، سمعت من خلفي صوًتا مفعمًا بالرجولة، يقول:

- معذرة لتأخري، كنت أنهي بعض الأعمال الهامة.

نهض الجميع لمصافحته، حتى صديقاتي الثلاث، في حين تعمدت أنا أن أظل جالسة، حتى يصافحني دون أن أنهض، كما تقتضى قواعد اللياقة و(الإتيكيت)، و...

ودار (جلال) حول المائدة ليصافحهم، ودخل مجال رؤيتي..

وانتفض قلبي بين ضلوعي في عنف، كما لو أصابته صاعقة قوية، أطلقتها السحب في ليل عاصف..

مستحيل! لا يمكن أن يكون هناك رجل كهذا، في زمننا المحدود..
رجل تشف كل لمحة من لمحاته عن الرجولة، وتنطق بها..
بل تصرخ بها..
رجولة من ذلك النوع الفوَّاح، الذي تشم رائحته من مسافة ألف كيلومتر، وتتعرَّفه فور أن تقع عيناك عليه..
وفي حماس، قدَّمه لي خطيب (سمر)، قائلًا:
- صديقي (جلال).. معيد بقسم البيولوجيا، في كلية العلوم.
وبابتسامة رقيقة جذابة، صافحني (جلال)، وهو يقول:
- فرصة سعيدة جدًا يا آنسة (غزل).
حاولت أن أقول شيئًا.. أي شيء، إلا أن لساني انعقد في حلقي، ولم يسمح لي سوى بهمهمة خافتة غير مفهومة، وأنا أسحب أصابعي الباردة كالثلج من بين أصابعه القوية، التي تركت يدي تفلت في رقة مهذبة، قبل أن يحتل المعقد المواجه إلي مباشرة، بين (سمر) وخطيبها..
إنني لم أؤمن في حياتي كلها بما يطلقون عليه اسم الحب من أوَّل نظرة..
بل ولم أومن بالحب نفسه..
ولكنني، وبعد نصف ساعة فقط من وصول (جلال)، وحديثه الممتع الهادئ، أدركت أن المعجزة قد حدثت..
وأنني وقعت في الحب.. بل وغرقت فيه حتى أذني..
ولأوَّل مرة في حياتي، لم يعد اهتمام الآخرين يعنيني، بل أصبحت أتمنى أن يبدي شخص واحد فحسب اهتمامه بي..
(جلال)..
منذ احتل مقعده على المائدة، سيطر بلباقته على المجلس تمامًا، وراح يتحدَّث بصوته القوي، الذي تمتزج فيه الرجولة بالرقة والأدب، وبكلمات واضحة واثقة، وأسلوب انبهر به الجميع، فأعاروه آذانهم، وعيونهم، ومشاعرهم..
والعجيب أنني شعرت بغيرة قوية..
كنت أتمنى - ولأوَّل مرة - أن تقتصر رجولته ورقته وقوته عليَّ وحدي، من دون الأخريات، اللاتي بدين مبهورات به وبحديثه وشخصيته..
ثم تصاعد في أعماقي بغتة ذلك الرفض العنيف للرجال والحب..
وخُيل إلى أن حديثًا عنيفًا يدور، بيني وبين عواطفي الخفية:
- لا تجعليه يخدعك.. إنه مجرَّد رجل.

- مثله لا يطلق عليه مجرَّد رجل.. بل قل: إنه الرجل.
- وما الفارق؟!
- الألف واللام.. أداة التعريف، التي تؤكد أنه يختلف عن الآخرين.
- وفيم يختلف؟!
- في أنه رجل، وبمعنى الكلمة.
- تقولين هذا؛ لأنك وقعت في حبه.
- ومن يمكنها أن تقاوم حب رجل كهذا؟!
- وماذا لو وقع هو الآخر في حبك؟!
- سأشعر أنني دخلت الجنة.
- حتى لو طلبك للزواج؟!

لم يكد خاطر الزواج يقفز إلى ذهني، حتى سرت في جسدي كله قشعريرة باردة، وتصاعدت نبرة خوف وتوتر إلى أعماقي، ووجدت نفسي أحدّق فيه بشدة، على نحو جعله يتوقف عن الحديث بغتة، ويسألني في مزيج من اللهفة والجزع والقلق، وبرجولة كادت تحطّم البقية الباقية من مقاومتي:

- آنسة (غزل).. هل تشعرين بالتعب؟!

كنت أرغب في الإجابة بالنفي، حتى أحتفظ بتلك الصورة القوية، التي رسمتها لنفسي، إلا أنني فوجئت بلساني يقول في توتر ملحوظ:

- نعم.. بالكثير من التعب.

فجَّر قولي الموقف كله، وتحرَّك الجميع في قلق ولهفة، يحاولون إسعافي، أو إحضار طبيب معالج، إلا أنني رفضت كل هذا بشدة، وأخبرتهم أن كل ما أحتاج إليه هو العودة إلى المنزل..

"فليكن.. سأوصلك إلى هناك.. هيا.."

انتفض جسدي كله في عنف، واتسعت عيناي في ارتياع، عندما نطق (جلال) تلك العبارة، وأردت أن أعترض بشدة، وأن أرفض عرضه بكل إصرار، ولكن شيئًا ما في لهجته الحازمة، أو في مشاعري المتخاذلة، جعلني أفتح فمي وأغلقه، دون أن أنطق حرفًا واحدًا، ثم أتبعه في استسلام، فسره الجميع فيما بعد بأنه وليد التعب الشديد، الذي كنت أعانيه..

وكانوا على حق بالفعل..

لقد تبعته، لأنه كان المسؤول عما أعانيه..

عن تلك الاختلاجات القوية في قلبي، والتي لم أعرف مثلها قط، في عمري كله..

وبمنتهى الرقة والتهذيب، فتح (جلال) باب السيارة الأيمن، ودعاني إلى الجلوس، ثم احتل مقعد القيادة، وانطلق بالسيارة على الفور، وهو يسألني عن عنواني..

وعندما اتخذ طريقه، قفزت إلى ذهني بعض التجارب السابقة المماثلة، مع زملاء وعملاء، قبلت عرضهم لتوصيلي، تم اكتشفت بعدها أنها كانت مجرَّد محاولة رخيصة لمغازلتي، والظفر مني بما يرضى أغراضهم الدنيئة، ووجدت نفسي أبتعد عنه بقدر الإمكان، وأتحفز بمشاعري كلها، في انتظار أية بادرة تبدر منه.

ولكن مخاوفي لم يكن لها أي أساس..

لقد كان (جلال) صورة حقيقية للرجل المهذب، الوقور، المحترم، الذي أقلني إلى منزلي، دون أن يتبادل معي سوى كلمات قليلة، اطمأن منها على حالتي الصحية، وعلى التعب الوهمي، الذي ادعيت الشعور به..

وعندما بلغنا منزلي، عرض عليَّ أن يعاونني على الصعود إلى المنزل، وعندما أخبرته أن التعب قد زال تقريبًا، تطلَّع إلى عيني مباشرة على نحو ارتجفت له كل ذرة في كياني، وقال في صوت خافت رقيق:

- آنسة (غزل).. لا يمكنك أن تتصوَّري كم أسعدني أن التقيت بك هذا المساء.

قالها، وصافحني مودعًا، ثم انصرف بالسيارة، دون أن يلقي نظرة واحدة خلفه، وتركني أرتجف، وأتابعه ببصري في لهفة، وجسدي بارد كالثلج.. ولم أستطع النوم في سهولة، في تلك الليلة..

صورته كانت تملأ خيالي، وتشحن مشاعري، وتمنع جفوني من الانطباق، حتى إنني قضيت الليل كله أحدِّق في سقف الحجرة، أو أتقلب في فراشي كالمحمومة، إلى أن أشرقت الشمس، فغادرت الفراش بسرعة، وألقيت جسدي تحت مياه الدش الباردة، وكأنني أغسل عنه كل ما علق به من مشاعر وعواطف..

ولكنني لم أحتمل الروتين اليومي لأمي هذا الصباح.. حديثها حول ضرورة الزواج، وأهميته لكل بنت في الدنيا، واعتراضها على إفطاري الهزيل، الذي يتكوَّن في المعتاد من بيضة واحدة مسلوقة، وفنجان من القهوة، وغيرها من الأحاديث المكرَّرة، فأسرعت أرتدي ثيابي؛ وأغادر

المنزل مبكرًا، بحجة أن الموسم السياحي على الأبواب، ومن الضروري أن أصل إلى مقر عملي، قبل الموعد المعتاد بساعة كاملة..

وطوال الطريق إلى العمل، رحت ألوم نفسي وأعاتبها وأحاسبها في قسوة، على انصياعها لنداء القلب، واستسلامها لنداء العواطف.. لم يكن هذا من حقها أبدًا.

إن أعماقي ما زالت ترفض فكرة الزواج، وتصاب بالذعر والفزع منها، وتأبى الارتباط بأي رجل، خشية إيقاظ أنوثتي الدفينة، التي سجنتها طويلًا داخل قلبي، ومنعتها من الإذعان لنزواتها ورغباتها، وكل مظاهر الضعف الكامنة فيها..

وفي شركة السياحة، انهمكت في العمل، وانغمست فيه بأضعاف ما أفعل في المعتاد، محاولة إزاحة (جلال) عن ذهني، وإبعاده عن تفكيري، و..

"صباح الخير يا آنسة (غزل).."

تسلّلت العبارة إلى أذني في رقة، إلا أن جسدي كله تجمَّد لسماعها، وارتفعت عيناي تحدقان في وجه صاحبها، قبل أن ينتفض كياني كله في عنف..

لقد كان هو.

(جلال).

وخفق قلبي..

أمور كثيرة تغيَّرت، منذ ذلك اليوم..

لقد فأجاني (جلال) بتلك الزيارة، وأخبرني بكل صراحة أنه أتى خصيصًا لمقابلتي، وأنه يود أن أمنحه فرصة للتعارف أكثر، وليروي لي بعض الأشياء المهمة عن نفسه وحياته..

وحاولت أن أرفض طلبه هذا، وأعترض عليه في غضب، متسائلة: كيف يجرؤ على طلب مثل هذا الأمر، كما كنت سأفعل مع أي شخص آخر، في موقف مماثل، إلا أن شيئًا ما في أعماقي منعني من الرفض، وجعل وجهي يتضرج بحمرة الخجل، وأن أهمس بموافقتي في حياء، وأرجوه أن ينصرف حتى أنتهي من عملي، على أن نلتقي بعد انصرافي منه..

ولأوَّل مرة في عمري كله، أجلس مع رجل وحدنا، في كازينو أحد الفنادق الفاخرة، المطلة على نيل (القاهرة)..

وفى هدوء حازم، وبذلك الأسلوب الذي يتقاطر رجولة، راح (جلال) يشرح لي ظروف حياته وعمله، أحواله المهنية والمالية، ورحت أنا أستمع إليه مبهورة مأخوذة، ورجولته تدغدغ حواسي، وتسيطر على مشاعري، وتنسيني الدنيا كلها.

وللدقة، كنت أستمع بأذني فقط، وليس بعقلي، فلم يكن ما يرويه يعنيني في قليل أو كثير، إذ إنني مبهرة به شخصيًا..

ولا تهمني أية تفاصيل أخرى..

وعندما انتهى (جلال) من حديثه، لاذ بالصمت بضع دقائق، وهو يتطلَّع إليَّ في اهتمام وترقب، وكأنه ينتظر تعليقي، ولكنني لذت بالصمت بدوري، وأنا أتطلَّع إليه، حتى سألني في شيء من القلق:

- ما رأيك؟!

سألته شاردة:

- ما رأيي في ماذا؟!

أجابني في دهشة، تحمل شيئًا من الضيق والاستنكار:

- فيما شرحته لك بالطبع؟!

انطلقت من أعماقي تنهيدة، وأنا أجيب:

- شيء رائع بالتأكيد.

تهلَّلت أساريره، وهو يسألني في لهفة:

- إذن فأنت توافقين؟

انتزعني سؤاله من شرودي وانبهاري، وجعلني أسأله في توتر:

- أوافق على ماذا؟!

أجابني في سرعة:

- على أن أتقدَّم لخطبتك.

لم يكد يشير إلى الأمر، حتى هوت مشاعري وعواطفي كلها بين قدمي، وتصاعد بدلًا منها ذلك الخوف الممزوج بالرفض، لفكرة الزواج، والتبعية لرجل ما..

أي رجل..

حتى ولو كان (جلال)..

ودون أن أدري، انتقل ذلك الخوف الرافض إلى صوتي، وأنا أقول في عصبية:

- لا.. إلا الخطبة والزواج.

اتسعت عيناه في دهشة بالغة، وتراجع بحركة عنيفة كالمصعوق، وهو يقول:

- ماذا؟!

ارتبكت بشدة، وأنا أستطرد:

- أقصد أننا لم نتعارف جيدًا بعد.

ضاقت عيناه، وانعقد حاجباه، وهو يقول:

- لهذا كانت الخطبة.. لنتعارف أكثر، ويفهم كل منا الآخر.. إنني لم أعرض عليك الزواج مباشرة.

قلت في حزم:

- لا خطبة أو زواج، قبل أن نتعارف جيدًا.

كان من الواضح أن هذا الأسلوب الحازم المتعنت مني لم يرق له أبدًا، إلا أن رجولته وتهذيبه منعاه من الرفض، وأجبراه على الموافقة، مع وعد مني بألا تستغرق فترة التعارف هذه وقتًا أطول مما ينبغي.

ومنذ ذلك الحين، أصبحنا نلتقي كثيرًا..

وربما كان موعده هو الشيء الوحيد، الذي أحرص عليه حرصي على حياتي نفسها، وأنتظره بلهفة لم أعهدها في نفسي قط..

لهفة محبة عاشقة، تذوب شوقًا لرؤية محبوبها، والتحدُّث إليه، والاستماع لكلماته وحديثه، بكل ما يحمله صوته من رجولة وقوة ورقة معًا..

ومع مرور الوقت، انتبهت إلى أنني لم أكن أحبه في البداية، وإنما كنت مبهورة به فحسب..

أما الآن، ومع ازدياد معرفتي به، فأنا أحبه..

بل أعشقه حتى النخاع..

إنه الرجل الوحيد الذي عرفته، في حياتي كلها..

الرجل الوحيد الذي سلب عقلي، واستحوذ على كياني، وامتلك كل خلية من خلايا قلبي، الذي لم يعد ينبض إلا بحبه وعشقه.

كم هو رقيق، حنون، قوي، واثق..

كم هو رجل..

واحترامًا لكلمته، لم يناقش (جلال) الأمر معي ثانية لفترة طويلة، استغرقت أربعة أشهر كاملة، توطدت خلالها علاقتنا وتوثقت، وعشت فيها أجمل أيام حياتي، وأسعد ساعات نبض فيها قلبي، في عمري كله..

ومن المؤكد أن أوّل ما تغير، بعد هذا اللقاء، هو أنا نفسي..

الجميع لاحظوا هذا التغيير..

أبي، وأمي وشقيقاي، وحتى زملاء العمل..

الجميع انتبهوا إلى أنني لم أعد (غزل) الجافة الصارمة، بل صرت واحدة أخرى، استيقظت أنوثتها، وتألقت، وتوهجت، وأصبحت أكثر مرحًا وتقبّلًا للحياة..

كانت أسعد لحظاتي تلك التي أقضيها مع (جلال)، والتي تتشابك فيها أصابعنا، أو نتأمل معًا غروب الشمس، وروعة الطبيعة الخلابة...

وطوال الوقت، كان (جلال) يبثني حبه وهيامه، ويهمس في أذني بأجمل وأعذب كلمات الهوى والغزل والحنان، وأنا استمع إليه صامتة منتشية، وأتمنى لو أبثه حبي، كما يبثني حبه.

ولكن شيئًا ما كان يكبل مشاعري، ويعقد لساني، ويمنعني حتى من التعبير عن حبي له، ولو بابتسامة بسيطة، أو كلمة رقيقة..

كنت أكتفي بالاستماع إليه فحسب، وقلبي يخفق ويضطرب، ويبذل قصارى جهده لتجاوز تلك الأسوار العالية، التي أحطته بها منذ زمن طويل، ثم لا يلبث أن يلهث إرهاقًا ويأسًا، ويكتفي مثلي بالنبض والاستقبال..

لم أكن قد تخليت بعد عن تلك الفكرة، التي سيطرت على مشاعري وكياني منذ حداثتي، من أن الحب ضعف، لا ينبغي أن يستسلم الإنسان له قط، بل يجب أن يقاومه، ويقاتله، بكل ما أوتي من قوة..

وأن الارتباط والزواج سجن كئيب، ومعتقل تحيط به أسوار شائكة، أخشى مجرَّد الاقتراب منها، أو التفكير فيها..

لذا فقد كانت المرات الوحيدة، التي يتعكر فيها صفو لقائنا، أنا و(جلال)، بعد الشهور الأربعة الأول، هي تلك التي يشير فيها إلى رغبته في خطبتي والزواج مني..

لحظتها كنت أغضب، وأثور عمدًا، وأتوعده بقطع علاقتنا نهائيًا، لو عاد للحديث في هذا الأمر..

وفي كل مرة يغضب، ويحاول إقناعي بأن الزواج هو سنة الحياة، وهو النهاية الطبيعية لكل حب شريف نظيف، وبأنه يحلم بتكوين بيت وأسرة، وقضاء ما تبقى له من العمر إلى جوار زوجة محبة وفية مخلصة، ولكنني كنت أنهي الموقف بنفس الصرامة، التي اعتدتها في حياتي العملية، وأصر على العودة إلى المنزل، منهية بهذا النقاش على نحو حازم باتر..

وفي كل مرة، كان يقاطعني لعدة أيام، ثم يعاود الاتصال بي، مدفوعًا بحبه وهيامه فأتظاهر بأن شيئًا لم يحدث، ونعود للتواعد واللقاء لبضعة أيام أو أسابيع..

ثم يتكرَّر الحديث حول الخطبة والزواج..

ويتكرر مني رد الفعل نفسه، وأنهى المناقشة في صرامة وحزم، وعودة إلى المنزل..

كانت ثقتي شديدة بنفسي، وبقدرتي على إدارة حياتي، على النحو الذي أردته تمامًا.

وكانت ثقتي بحبه لي أكبر..

إنه غارق في حبي حتى النخاع، ولن ينصرف عني قط، مهما فعلت معه، ومهما كانت الأسباب والمبررات..

وفي بعض الليالي، التي يعاندني فيها النوم، ويأبى زيارة جفوني، كان يدور بيني وبين نفسي حديث في هذا الشأن:

- يا لك من مكابرة عنيدة! ألا تخشين أن يملَّك، وينصرف عنك يومًا؟!

- مستحيل! إنه يحبني من أعمق أعماقه.

- حتى الحب له حدود.

- إلا حبه لي.

- ولكن كل ما يطلبه هو زوجة وأسرة وبيت سعيد.

- لا.. كله إلا الزواج والأسرة.

- ولكن الزواج هو سنة الحياة.

- ليس بالنسبة لي.. إنني محط أنظار الجميع.. ما زلت الأفضل والأجمل، والأكثر جاذبية وسحرًا.. الزواج سيفقدني بريقي وتفوقي.

- وكذلك عدم الزواج.. ألا تخشين أن يأتي يوم، تحملين فيه لقب (عانس).

- إنه أفضل من لقب (مطلقة).

- ومن تحدَّث عن الطلاق؟!

- لو فشل الزواج، فسيتحول حتمًا إلى طلاق.

- ولماذا يفشل؟! (جلال) يحبك.

- لا يمكنني أن أضمن حبه إلى الأبد.

- لو حرصت على هذا ستظفرين به.

كنت أحاول استيعاب المنطق، ثم لا ألبث أن أرفضه في عناد وإصرار، وأقول لنفسي في حزم:

- لا.. إلا الزواج.

لم أنتبه أيامها إلى أن الأمور كانت تتطوَّر بسرعة، وأن إصرار (جلال) على الزواج كان يتزايد أكثر وأكثر، حتى أتى يوم أعدنا فيه مناقشة الأمر، وطلبت كالمعتاد العودة إلى المنزل، ففوجئت به ينفجر في وجهي، هاتفًا في غضب عصبي:

- لماذا تتعاملين معي دائمًا وكأن الأمور والخيوط كلها بيديك وحدك؟! لماذا تصرين على أن يدار كل شيء بأسلوبك، ودون أدنى تنازلات أو مناقشة؟! كل شيء يخضع لوجهة نظرك وحدها.. كل خطوة لا تروق لك تدفعك للغضب والثورة.. كلما حاولت التحدث عن زواجنا، الذي أراه أمرًا طبيعيًا، تتعاملين معي بكل الصرامة والصلف والعناد، وتخيرينني بين الخضوع لرأيك أو الانفصال.. إنك تهينين رجولتي منذ تعارفنا، وأنا أحتمل وأحتمل، متصورًا أنها مسألة وقت، حتى تشعري بالاطمئنان إلي وبالأمان معي، وعندئذ سيتغير كل شيء، ولكن الشهور تمضي وتمضي، وعنادك وصرامتك يتضاعفان، وصلفك وصرامتك في

التعامل معي يتزايدان.. إنني لم أعد أحتمل هذا يا (غزل).. لم أعد أحتمله أبدًا.

كان محقًا في ثورته، إلا أن تلك الطبيعة العنيدة، التي حفرتها سنوات الكفاح في وجداني، جعلتني أرفض الاعتراف بهذا، وأقول بنفس الصرامة والحدة:

- اسمع.. لو أنك تصرّ على موقفك هذا فـ...

قاطعني بثورة:

- فستعودين إلى المنزل.. أليس كذلك؟! فليكن يا (غزل).. سأعيدك إليه.

لم نتبادل كلمة واحدة، طوال طريق العودة، وتركني أمام منزلي، وانصرف دون أن يلقي على تحية الوداع، وكانت أوَّل مرة يفعل فيها هذا، إلا أنني لم أشعر بقلق شديد لحظتها..

كنت واثقة من أنها واحدة من ثوراته المعتادة، وأنه سيقضي بضعة أيام في غضب ومقاطعة، ثم لن يلبث أن يعود، لنستأنف علاقتنا كما أردتها تمامًا.

الحب وحده..

بلا خطبة، أو زواج..

ولم أدر لحظتها أن تقديري في هذه المرة لم يكن صحيحًا..

لم يكن كذلك أبدًا.

يا قلب لا تنبض..

شهر كامل مضى، دون أن يتحدَّث إليَّ (جلال) مرة واحدة..

شهر كامل لم تقع عيني عليه، أو تسمع أذني صوته..

في البداية تماسكت، وقلت لنفسي إنها مسألة وقت، ولن يلبث أن يعود كعادته، إلا أن الأيام راحت تمر في بطء، وأنا أنتظر عودته في لهفة، تتضاعف وتشتعل أكثر وأكثر، مع كل يوم يمضي، حتى لم أعد أحتمل الانتظار، وأصبح الأمل الوحيد في حياتي هو أن أسمع صوته وأراه، ولو لحظة واحدة..

لم يعد باستطاعتي الاستمرار في العمل بنفس الحماس..

لم يعد باستطاعتي حتى العودة إلى المنزل، وكأنني أخشى الرقاد في فراشي، حتى لا أتعذَّب بليلة جديدة من ليالي السهر والسهاد..

كلما انطلق رنين الهاتف أقفز إليه، وأختطف سمَّاعته في لهفة، وأتمنى من كل قلبي أن يأتيني صوته عبر الأسلاك..

أن أسمع كلمة واحدة منه..

كلمة من تلك الكلمات الرقيقة الحانية، التي ظل يصبها في أذني طوال ما يقرب من عام كامل، دون أن يتلقى مني أدنى استجابة..

أنا نفسي ما زلت أجهل، لماذا لم أمنحه حبي وحناني، كما منحني حبه وحنانه؟

لماذا!! لماذا!! لماذا!!

هل تحجَّرت مشاعري، وتحطَّمت في أعماقي، حتى لم يعد بإمكانها الصعود إلى السطح؟!

لماذا أشعر بها، وأعجز عن التعبير عنها؟!

لابد أن السنوات الطوال، التي سجنت عواطفي فيها خلف أسوار قلبي، قد حولت تلك الأسوار إلى صروح ضخمة، صارت مشاعري عاجزة عن تجاوزها..

والمؤسف أن هذا لم يؤرقني قط، إلا في تلك الأيام..

بعد أن افتقدت (جلال).. وبشدة..

كم كنت أتمنى الاتصال به، والاعتذار عما بدر مني تجاهه..

كم تمنيت أن أتحدث إليه، وأرجوه أن يغفر لي، ويفهم مشكلتي، ويتعاون معي على حلها..

تلك المشكلة التي تقف حاجزًا بيني وبينه..

مشكلة الخوف من الزواج والارتباط، والعودة إلى مسؤوليات الأنوثة، التي أرفضها وأخشاها منذ زمن طويل..

ولكن شيئًا ما في أعماقي منعني من الاتصال به طويلًا..

وفي كل يوم يمضي، كان هذا الشيء يتضاءل، وينزاح جانبًا، مع لهفتي الشديدة لسماع صوته، ومعرفة أخباره..

وأخيرًا انهار ذلك الشيء..

حبي له أزاح ترددي وخوفي ورفضي كله جانبًا، وجعلني أتصل به بكل لهفتي وحبي، وأسأل والدته عنه بصوت لاهث من فرط الانفعال..

وأتى جوابها ليخترق أذني وقلبي كسيف بتار، غاص في النيران إلى درجة الاحمرار..

- لقد سافر (جلال)..

سافر ليعمل أستاذًا في إحدى جامعات دول النفط.

سافر دون أن يودعني، ولو بكلمات قليلة.

وانهارت مشاعري كلها في أعماقي، حتى خُيل إليَّ أن قلبي قد توقف عن النبض.

كيف فعلها؟! كيف تخلى عني؟! كيف نسي حبنا الكبير؟!

والعجيب أنني شعرت ببعض الغضب في البداية، ثم لم يلبث كل هذا الغضب أن تحوَّل إلى فيض من الندم، استولى على كياني كله، وسرى في عروقي كحمم ملتهبة، تلتهم مشاعري عن آخرها.

وانتابتني رغبة قوية عارمة في البكاء، رحت أقاومها في شدة، وكان عقلي الباطن يرفض الاستسلام لها؛ لأنها علامة من علامات الضعف، التي جاهدت طوال عمري للتغلب عليها وتحاشيها..

ثم فجأة، صرخ قلبي:

- ولم لا؟! ما عيب البكاء والضعف؟! كلنا بشر.. كلنا ضعفاء.. كلنا يحتاج بعضنا إلى البعض..

وفي تلك اللحظة، شعرت بحاجتي الشديدة إليه..

أريده إلى جواري..

أريده صديقًا، وحبيبًا، و....

وزوجًا..

نعم.. الآن أتمنى أن أتزوجه، وأقضى عمري كله إلى جواره..

ولست أدري ماذا أفعل لاستعادته..

أنه لم يتصل بي مرة واحدة منذ سفره..

ولكنني سأفعلها أنا هذه المرة..

سأرسل إليه خطابًا طويلًا، يحوي اعترافي هذا، وسأرجوه أن يغفر لي كل ما فعلته معه، وأن يعود إليَّ، أو يدعوني حتى للذهاب إليه..

وسأخبره أنني سأترك العالم كله من أجله.. من أجله وحده..

وأنا واثقة من أنه سيغفر، وسيعود؛ لأنه يحبني كما أحبه..

هل أنا على حق في ثقتي هذه؟!

هل؟!

لن أبيعك قلبي

الأوراق..

صدقوني.. لست أدري كيف أبدأ قصتي هذه!

بل لست أدري حتى كيف يمكن أن يكتب شخص ما قصته، ويخطها على الورق!

كيف يمكن أن يحول مشاعره إلى كلمات؟!

كيف يفرغ عذابات أعماقه فوق أوراق جامدة، لا تشعر أو تبالي، أو تتفاعل مع آلامه ومرارته؟!

كل ما يمكن أن يشعر به الورق هو دموعي، التي تتساقط فوقه، لأن مواضع سقوطها عليه ستتجعَّد، وتتغيَّر، وتفسد سطحه المنمق الأنيق.

ولكنني لا أجد بديلًا عن الكتابة..

لابد أن أروي قصتي لأحد، قبل أن تتصاعد نيران قلبي أكثر وأكثر، وتلتهم كياني كله..

لابد أن يعرف شيء ما، ما فعلته بقلبي ونفسي وحياتي..

ولن أجد من يحفظ سري ويصونه سوى الورق..

وحده سيستوعب في مساحاته كل كلماتي، دون أن يفشي سري.

دون حتى أن يقاطعني..

أو يلومني..

أو يسخر مني..

الورق وحده سيحتمل اعترافي، الذي سأخطه عليه بكل صراحة ووضوح، و..

ومرارة..

ثم إنه لن يعارض قراري في النهاية..

فإما أن أحتفظ باعترافي هذا فوق الورق..

أو أمزقه، وأشعل فيه النيران..

إنه قراري وحدي..

بعد أن أنتهي من اعترافي..

ويا له من اعتراف!!

هيا.. خذي كلماتي أيتها الأوراق، قبل أن تنهار أعماقي، وأعجز حتى عن الكتابة.

في البداية دعيني أقدم لك نفسي..

اسمي (فريدة).

ولا تسألوني عن باقي الاسم..

يكفيكم اسمي أنا..

(فريدة)..

كل ما يمكنني أن أخبركم به عن أسرتي هو أنها أسرة كبيرة..

شهيرة..

معروفة..

وثرية..

وهذا الثراء الفاحش ـ كما يقولون ـ هو أساس مشكلتي..

أو فلتقول.. مأساتي..

فأنا، أيتها الأوراق، من تلك الفئة، التي يقال: إنها ولدت وفي فمها ملعقة من ذهب..

بل ولن أبالغ لو قلت: إنها لم تكن فقط ملعقة..

لقد ولدت وفي فمها طاقم كامل من الذهب والماس وكل الأحجار الكريمة المعروفة..

وأحيط مولدي بحفاوة بالغة، عبرت عنها الصور الضوئية، وشرائط (الفيديو) المسجلة، التي شاهدتها في حداثتي، والتي ملأت نفسي بالزهو والفخر، وجعلتني أتصوَّر نفسي كأميرة من أميرات الأساطير، التي أشاهدها في أفلام (والت ديزني)، التي تفتحت عيني لأجد مجموعة كاملة منها في مكتبتي..

فوالدي ووالدتي ينتميان إلى عائلتين اشتهرتا بالغنى الثراء، ولقد تم زواجهما، مثلما يحدث في هذه الطبقة، كإجراء اقتصادي، لدمج الثروتين، وكخطوة تجارية، لإنشاء إمبراطورية مالية تسد عين الشمس، كما يقول العامة..

ولخمس سنوات كاملة، لم ينعم الله (سبحانه وتعالى) عليهما بالإنجاب، على الرغم من تأكيد كبار الأطباء، في (مصر) والعالم، على أن كلا منهما طبيعي، ولا يوجد ما يمنعه من الإنجاب..

ثم فجأة، وبعد أن بدأ اليأس يتسلل إلى نفوس الجميع، أعلنت أنا عن وجودي على نحو درامي.

فكما روت لي جدتي فيما بعد، كان أبي وأمي يحضران حفلًا رسميًا في سفارة دولة كبيرة، وكانت أمي تهم بشرب كوب من العصير الطازج، عندما أطلقت فجأة شهقة مكتومة، ورفعت يدها إلى فمها، ثم أسرعت إلى الحمام؛ وأفرغت كل ما في جوفها مع آهات حارة..
وفي منتصف الليلة نفسها، أعلن طبيب العائلة أن والدتي حبلى..
وبعد ثمانية أشهر وستة أيام بالضبط من هذه الواقعة، أطلقت أنا صرختي الأولى في هذه الدنيا..
وكان من الطبيعي أن يقام لي في حفل (سبوع) أسطوري، على الرغم من أنني أتيت أنثى، ولست ذكرًا كما كان أبي وأمي يتمنيان..
وبعد مولدي بقليل، امتلأت نفس والدي باللهفة لإنجاب طفل آخر، وأيدت أمي لهفته هذه بلهفة مماثلة، ولكن كليهما أدركا، بعد سنوات أربع، أن هذا الأمل لم يعد ممكنًا، وأن عليهما أن ينتظرا حملًا مصادفًا، كما جاء حمل أمي بي.
ولم يحدث هذا الحل أبدًا للأسف..
ولهذا، أصبحت الابنة الوحيدة، والمدلّلة لتلك الأسرة الشهيرة الثرية.
ومنذ بدأت أعي ما حولي، انتبهت إلى أن كل طلباتي أوامر، وإلى وجود جيش من الخدم والحشم، لا هم له إلا تلبية أوامري، واللهاث لإحضار كل ما أشير إليه، مهما كان صعبًا أو عسيرًا..
أو حتى مستحيلًا..
وشببت بالفعل كالأميرات، وحباني الله (سبحانه وتعالى) بجمال طبيعي زاد من زهوي ونرجسيتي، وخاصة عندما ألمح نظرات الإعجاب والانبهار، في عيون كل الشبان الذين ألتقي بهم، في الأسرة، أو النادي، أو حتى في كلية الآداب، التي التحقت بها بعد عامين من الرسوب في الثانوية العامة..
والتحاقي بكلية الآداب هو البداية الحقيقية لقصتي..
فهناك، التقيت ب(كريم)..
وقبل أن أقص عليكم لقائي الأوّل به، دعوني أشرح لكم أمرًا هامًا..
صحيح أنني نشأت بالغة الثراء والتدليل، وأن هذا قد جعل طباعي لا تطاق، كما ينبغي أن أعترف الآن، إلا أنه ترك لي قلب بنت عادية..

قلب حالم، عاطفي، يهفو إلى لمسة الحب الأولى، وإلى دقات العشق، التي تختلف حتمًا عن كل دقات القلب العادية، وتعزف وحدها لحنًا تلتهب به مشاعر كل أنثى..

وبالذات في تلك الفترة من العمر..

وفي معظم ليالي الصيف والربيع، لم يكن يغمض لي جفن، حتى مطلع الفجر، وذهني يشترك مع قلبي في رسم صورة لفتى أحلامي..

صورة راحت تتكون وتتشكل مع الأيام، حتى تخيلت أنها حقيقة، وأن فتى أحلامي هذا حي يرزق، يحيا في وجداني، وأصبحت لدي ثقة قوية بأنني سألتقي به يومًا في عالم الحقيقة، حتى إنني رحت أنتظر هذا اللقاء، وأترقبه في لهفة، وأحلم به في نومي ويقظتي.

وأعتقد أنكم، بعد ما شرحته لكم، ستفهمون جيدًا لماذا سرت في عروقي قشعريرة باردة، وانتفض جسدي كله، واختلج قلبي بين ضلوعي، عندما وقع بصري على (كريم) لأول مرة..

وفي أول يوم من أيام الدراسة..

بل في أوَّل ساعة..

لقد كان (كريم) هو رئيس اتحاد طلاب الكلية، وكان قد أعد حفل استقبال بسيط للطلبة الجدد، لامتصاص توترهم وقلقهم، ومنحهم الشعور بالأمان والهدوء، ودفعهم إلى تعرف مجتمعهم الجامعي، والاندماج فيه دون مخاوف أو تعقيدات..

وما إن وقعت عيناي على وجه (كريم) الوسيم وابتسامته الهادئة الودود، حتى وجدت نفسي أهوى في بئر حبه حتى القرار، وأصرخ بكل لهفة في أعماقي.

إنه هو..

إنه فتى أحلامي..

كان نسخة طبق الأصل من تلك الصورة، التي صنعتها في أحلامي منذ تنسم قلبي رحيق المراهقة الأوَّل..

نفس الوجه، والعينين، والابتسامة..

نفس الهدوء، والثقة، والوسامة..

إنه هو..

هو..

هو..

ولست أدري بالضبط كيف مر بي ذلك الحفل، ولا ما إذا كان الجميع قد لاحظوا نظرة الانبهار، التي أحدجه بها طوال الوقت أم لا، ولكن ما أعرفه جيدًا هو أن الحفل لم يكد ينقض، حتى كنت قد اتخذت قراري في هذا الشأن..

فلم يعد الهدف من التحاقي بكلية الآداب، هو الحصول على شهادة الليسانس..

بل أصبح هدفي الأوَّل هو الحصول عليه..

على (كريم).

☆☆☆

اللعبة..

"أستاذ (كريم).."

لست أدري ما إذا كانت اختلاجة قلبي قد انتقلت إلى صوتي أم لا، عندما ناديته باسمه، في ساحة الكلية، ولكنه عندما التفت إليَّ، كانت عيناه تحملان نظرة عجيبة، تجمع ما بين الدهشة والتساؤل والاهتمام، مع شيء من الإعجاب، شجَّعني على الاستطراد، قائلة في سرعة:

- أريد استشارتك في أمر خاص.

ارتفع حاجباه في مزيد من الدهشة، وهو يغمغم:

- خاص؟!

ارتبكت وأنا أجيب:

- نعم.. خاص بخبرتك في.. في اتحاد الطلاَّب.

رمقني بنظرة طويلة، وكأنه يحاول النفاذ إلى أعماقي، وكشف الهدف الحقيقي لسؤالي، إلا أنه لم يلبث أن اعتدل في هدوء، وقال في لهجة مهذبة:

- أنا رهن إشارتك.. ما الذي ترغبين في معرفته؟!

ارتبكت أكثر وأكثر، لأنه لم يكن لدي ما أسأل عنه فعليًا، وتطلَّعت إليه لحظات في صمت متوتر، وهو يتطلَّع إلى عيني مباشرة، في انتظار سؤالي، ونظراته تزيدني اضطرابًا وارتباكًا، والصمت بيننا يطول ويطول، حتى ارتسمت على شفتيه ابتسامة متعاطفة، وسألني بلهجة هادئة رقيقة:

- هل ترغبين في ترشيح نفسك، في انتخابات اتحاد الطلاَّب القادمة؟!

كدت أصرخ من فرط السعادة، عندما انتشلني سؤاله من بحر حيرتي العميق، وهتفت في لهفة:

- بالتأكيد.

اتسعت ابتسامته، وهو يسألني:

- لأية لجنة من لجان الاتحاد؟

أجبته بسرعة:

- اللجنة التي تنتمي إليها.

قفزت الدهشة إلى وجهه وعينيه بغتة، وانفرجت شفتاه لحظة في حيرة واضحة، ثم اعتدل في وقفته، وخُيل إليَّ أنه فهم حقيقة الموقف في لحظة واحدة، وهو يجيبني في رصانة ووقار، اختلج لهما قلبي:

- اللجنة الاجتماعية ترحب بك يا آنسة...

هتفت بسرعة:

- (فريدة).. اسمي (فريدة).

ابتسم، قائلًا:

- اللجنة الاجتماعية ترحب بك يا آنسة (فريدة)، وأعدك أن أساعدك بقدر استطاعتي، وفي حدود ما تسمح به لوائح اتحاد الطلاب، لتفوزي بالمقعد، في الانتخابات القادمة بإذن الله.

رقص قلبي لكلماته، واختلج في قوة، وأنا أراقبه يبتعد عني، وهتف هاتف في أعماقي للمرة العاشرة..

أريد هذا الشاب بالذات..

أريده..

وبكل اللهفة والرغبة في أعماقي، رحت أجمع أكثر قدر من المعلومات عن (كريم)..

وكان أوَّل ما عرفته هو أن (كريم) من أسرة عادية بسيطة، لا هي بالغنية ولا بالفقيرة..

أسرة يمكنها أن تحيا حياة كريمة، وأن تحصل على كل احتياجاتها الضرورية، ولكنها لا تستطيع التطلَّع إلى الرفاهية، ولا تملك حتى أن تفعل، ولا أن تدخر قرشًا واحدًا..

وعرفت أيضًا أن (كريم) من المتفوقين في الكلية، وأنه فاز بمنصب رئيس اتحاد الطلاَّب لعامين على التوالي، وأنه يستعد لترشيح نفسه للمنصب ذاته، في هذا العام أيضًا..

وأنه يهوى التصوير الفوتوجرافي، ويزاوله باستخدام آلة تصوير بسيطة بدائية روسية الصنع، يعتز بها كثيرًا، على الرغم من إمكانياتها المتواضعة، التي يجيد استخدامها والتعامل معها، ليخرج بلقطات رائعة فريدة، لم أر أجمل منها في حياتي كلها..

وبحسبة بسيطة، أدركت أن هذا هو المدخل الصحيح لقلب (كريم).. هوايته..

ففي طفولتي، سمعت جدي يقول: إن أفضل وسيلة للتقرب إلى شخص ما، هي مشاركته هوايته المفضلة، فالمرء يميل بطبيعة الحال إلى من يشاركونه اهتماماته وميوله..

وفي مساء اليوم نفسه، أبرقت إلى مكتب والدي في (واشنطن) طالبة من المدير هناك أن يبتاع لي أفضل آلة تصوير يابانية متاحة في الأسواق، وأن يرسلها إلى (القاهرة) بأسرع وأضمن وسيلة ممكنة..

وعلى عكس (كريم)، لم يكن الحصول على أحدث آلة تصوير في العالم، يمثل لي أية مشكلة، فلم تمض أيام ثلاثة على برقيتي، حتى وصلتني حقيبة أنيقة، تحوي آلة تصوير حديثة للغاية، مع طاقم العدسات الخاص بها..

ولم يحاول طاقم مكتب (واشنطن) حتى استشارة أبي في (القاهرة)، قبل شراء آلة التصوير وإرسالها، فقد علمتهم الأيام أن طلبات (فريدة) أوامر، لابد وأن توضع دائمًا على قمة الاهتمامات، وأن تسبق حتى أوامر أبي نفسه.

وعندما وصلت آلة التصوير، لم يحاول أبي حتى أن يسأل عن سبب طلبي لها، ولم يلق نظرة واحدة على فاتورة شرائها، التي تجاوزت الألفي دولار..

إنها لعبة جديدة طلبتها (فريدة)..

وهذا يكفي..

الشيء الوحيد الذي أدهشه، هو فرحي الشديد ولهفتي البالغة، عندما وصلت آلة التصوير، فحتى في طفوليي، لم أبد أي فرح أو لهفة، تجاه أية لعبة جديدة، مهما بلغت قيمتها. أما والدتي، فقد أضاء وجهها بابتسامة كبيرة، وربت على كتفي، وهي تتمنى لي المزيد من السعادة كعادتها.

وفي تلك الليلة لم يغمض لي جفن بحق..

لقد قضيت ليلتي كلها أقلب آلة التصوير، وأقرأ الدليل الخاص بها، في محاولة لفهم بعض خواصها، قبل أن أحملها في الصباح التالي إلى الكلية.

وفي لهفة، رحت أبحث عن (كريم) في كل مكان، حتى عثرت عليه، منهمكًا في الحديث حول انتخابات اتحاد الطلاب القادمة، مع عدد من زملائه، فأقحمت نفسي في حديثهم، بحجة استعدادي لخوض الانتخابات، وتركت حقيبة آلة التصوير الجديدة تتدلَّى من كتفي في أناقة، وقلبي يخفق في قوة، ويتمنى ألا يستغرق (كريم) طويلًا، قبل أن يبدي اهتمامه بها.

ورقص قلبي بين ضلوعي في سعادة غامرة، عندما لمحته يتطلَّع إلى الحقيبة في اهتمام بالغ، ولهفة لم يحاول إخفاءها، قبل أن يميل نحوي، ويسأل:

- هل تحوي هذه الحقيبة آلة تصوير، أم...

لم أمنحه الفرصة ليتم سؤاله وأنا ألتفت إليه، وأجيب في سرعة ولهفة:

- بالطبع.. هل ترغب في رؤيتها؟

تهلّلت أساريره كطفل صغير، وهو يهتف:

- آه.. بالتأكيد.. لو أنك تقبلين هذا.

أسرعت أدفع الحقيبة كلها إليه، وأنا أقول في سعادة:

- ولماذا أرفض؟! الواقع أنني أحضرتها خصيصًا لسؤالك عن بعض خصائصها، فأنا أعلم أنك تهوى التصوير.

وعاد قلبي يرقص طربًا، وهو يلتقط الحقيبة في حرص ملهوف، كما لو أنه أب يحمل طفله الأوّل فور مولده، وأطلت سعادته مع صوته، وهو يقول:

- إنها المرة الأولى التي أشاهد فيها آلة تصوير من هذا الطراز.. لقد قرأت عنها فحسب.

وفي تلقائية جميلة، جلس فوق إحدى درجات السلم المجاور، والتقط آلة التصوير من الحقيبة في حرص وعناية، وكأنما يلتقط تحفة ثمينة من زجاج هش، ويخشى أن تحطمها أصابعه، مع أقل ضغط..

وتضاعف انبهاري به، وأنا أجلس إلى جواره، وأراقبه وهو يفحص آلة التصوير في سعادة وانبهار، وعلي نحو يشف عن اهتمام وخبرة في هذا المجال، وحاولت أن أقول شيئًا، إلا أن الكلمات انحبست في حلقي، وظلّت تقاوم لساني طويلًا، قبل أن تنطلق في صوت متحشرج:

- هل.. هل تروق لك؟!

هتف بالجواب في حماس:

- بالتأكيد.. لطالما تمنيت الحصول على مثلها.

ثم تلاشى الحماس من صوته وعينيه، وأطل شيء من الحزن بدلًا منهما، وهو يتابع في خفوت:

- ولكن لا أملك ثمنها.

تمنيت لحظتها أن أهتف به:

- إنها لك.. لقد أحضرتها من أجلك.

ولكن الكلمات احتبست في حلقي، وأنا أتطلّع إليه صامتة، في حين راح هو يقول، وهو يتابع فحص آلة التصوير:

- هل تعلمين.. بآلة تصوير كهذه، يمكنني أن أقيم معرضًا فريدًا، خلال شهر واحد.

اخترقت كلمة واحدة حلقي، وأنا أتمتم بصوت مختنق:

- حقًا؟!

تنهَّد مجيبًا:

- ليس لدي أدنى شك في هذا.. إنها آلة تصوير رائعة، وإمكانياتها بلا حدود.

كدت أحسد آلة التصوير، على ما تحظى به من حبه ورعايته واهتمامه، وأنا ألتقط أنفاسي، وأزدرد لعابي، قائلة:

- فليكن.. يمكنك أن تبدأ في الإعداد لمعرضك.

التفت إليَّ، يسألني في دهشة:

- ماذا تعنين؟!

تطلَّعت لحظة إلى عينيه الحانيتين المندهشتين، قبل أن أجيب:

- أعني أنه يمكنك الاحتفاظ بها، حتى تقيم معرضك.

اتسعت عيناه عن آخرهما، وقفزت دهشته إلى ذروتها، وهو يقول:

- أحتفظ بها؟! هل تعنين حقًا ما تقولين؟! أتعلمين كم تساوي آلة تصوير كهذه؟

نهضت قائلة:

- إنها لن تساوي شيئًا، لو لم تخرج منها صور رائعة، كالتي تلتقطها أنت.

حدَّق في وجهي بدهشة بالغة، وأطلَّ في عينيه مزيج من الشكر والامتنان، كاد قلبي يهوي له بين ضلوعي، لو لم أهتف مستطردة:

- اعتبرني شريكتك في معرضك القادم.

وأسرعت أبتعد عنه، قبل أن تفضحني عيناي، أو تبلغ خفقات قلبي مسامعه.

وعندما غادرت الكلية، كنت واثقة من أنني قد ربحت الجولة الأولى في اللعبة.

وفي قلبه.

☆ ☆ ☆

خفقات ..

لم يكد موسم الانتخابات الطلابية يهل، حتى اشتعلت الجامعة كلها بالحماس، واكتظَّت جدرانها باللافتات الدعائية، التي تدعو الطلاب لانتخاب هذا أو ذاك، وتجمعت أعداد من الطُلَّاب في كل ركن، حول بعض المرشحين، الذين راحوا يشرحون برامجهم الانتخابية، بكلمات حماسية وأصوات عالية..

فيما عدا (كريم).

وحده ظل هادئًا مبتسمًا كعادته، يتحَّدث إلى الجميع في تلقائية وبساطة، دون أن أجد اسمه على لافتة واحدة..

وبكل الدهشة والقلق في أعماقي، سألته:

- أين دعايتك الانتخابية؟! لماذا لا تشرح برنامجك للزملاء، كما يفعل الآخرون؟

ابتسم في هدوء، وهو يجيبني:

- برنامجي لا يحتاج إلى الشرح، فأفراد دفعتي كلهم يعرفونني ويعرفون ما فعلته من أجلهم طوال العامين الماضيين، أما بالنسبة للدعاية، فلن يمكنني تعليق لافتات أنيقة كالآخرين.

سألته في حيرة:

- لماذا؟

تطلَّع إلى عيني لحظة في صمت، قبل أن يجيب في بساطة، دون أن يفقد ابتسامته الهادئة الواثقة:

- لأنني لا أملك ثمنها.

صدمني الجواب في البداية، وجعلني أتساءل في أعماقي:

- أمن الممكن ألا يجد شخص ما ثمن مجموعة من اللافتات الدعائية؟! ولكنني لم ألبث أن تذكرت حديثًا قديمًا لجدتي، أخبرتني فيه أنه من الناس من لا يجدون حتى قوتهم اليومي، فغمغمت في خفوت:

- لا تملك ثمنها؟!

أومأ برأسه إيجابًا في بساطة، وتابع:

- أنا من أسرة عادية، ليست بالفقيرة أو الغنية، ووالدي لا يبخل علينا بكل ما يمتلك، ولكن ليس من العدل أن أنفق جزءًا من دخلنا المحدود لعمل دعاية انتخابية.

تطلّعت إليه في انبهار، وهو يتحدث إليَّ بتلقائية مدهشة، ويصف لي حياته ومستوى أسرته المحدود..

وفي أعماقي ولدت فكرة جديدة..

لو أن (كريم) لا يملك تكاليف حملته الدعائية، فأنا أملكها.. ولكن كيف يمكنني منحه إياها؟!

إنه سيرفض أية نقود بالتأكيد، حتى ولو منحته إياها كقرض محدود، ولن يقبل الفكرة من الأساس، و..

وفجأة، قفزت الفكرة إلى ذهني..

ولأنها لم تكن تحتاج إلا للوقت والنقود، فقد شرعت في تنفيذها فور عودتي إلى المنزل.

لم أقم بتنفيذها بنفسي بالطبع، وإنما أسندت المهمة إلى واحد من موظفي والدي، الذي أسرع يعدّ كل ما طلبته منه، دون أية أسئلة كالمعتاد..

وفي الصباح التالي، كانت جدران الكلية كلها تحمل لافتات دعائية بالغة الأناقة، تدعو لانتخاب حبيبي..

(كريم)..

وجاء رد فعل الجميع عجيبًا للغاية..

لقد أصابتهم دهشة بالغة، لأن (كريم) لم يستخدم اللافتات الدعائية قط، منذ قام بترشيح نفسه في الانتخابات للمرة الأولى.

وكان أكثر الجميع دهشة هو (كريم) نفسه..

لقد أدار عينيه في اللافتات حائرًا، قبل أن يقول في دهشة تحمل شيئًا في الاستنكار:

- من فعل هذا؟!

ارتبكت للأسلوب الذي نطق به عبارته، وسألته:

- ألم يسعدك هذا؟

أجابني في حدة:

- كلّا بالطبع.. فكرة اللافتات الدعائية هذه تخالف أسلوبي تمامًا.

شعرت بالحرج، وأنا أغمغم:

- ربما فعلها شخص يحبك، تصوَّر أنها ستفيدك.

وتعمَّدت الضغط على كلمة (يحبك) هذه، لعل رسالتي تصل إليه، إلا أنه لم ينتبه إلى هذا، وهو يجيب في شيء من الغضب:

- كان ينبغي أن يستشيرني أولًا.

انخفض صوتي أكثر، وأنا أجيب في انكسار:

ـ لقد خشي أن ترفض.

قال في عصبية:

ـ ولو.. كان المفترض أن..

ثم بتر عبارته بغتة، واتسعت عيناه، وهو يلتفت إليَّ ويحدِّق في وجهي بدهشة، جعلتني أخفض عيني، متمتمة:

ـ لم أكن أدرك أن هذا سيغضبك هكذا.

هتف في لهجة أشبه بالارتياح:

ـ أنت؟!

ارتجفت شفتاي، وأنا أومئ برأسي إيجابًا، والدموع تترقرق في عيني، فحدَّق في وجهي لحظة، وانفرجت شفتاه، وكأنه يهم بقول شيء ما، ثم لم يلبث أن أشاح بوجهه، وانطلق مبتعدًا في خطوات سريعة واسعة.. وخفق قلبي في عنف..

خفق كطير ذبيح، يذرف آخر قطرة من دماء الحياة..

وانهارت مشاعري كلها في أعماقي..

ماذا فعلت؟!

لقد سعيت لكسب قلب حبيبي، فخسرته إلى الأبد..

نشدت سعادته، ففجَّرت غضبه وسخطه عليَّ.

ماذا فعلت؟!

ماذا فعلت؟!

ودون أن أدري، انسكبت دموعي الحارة على وجهي، وراحت تغرقه كسيل وحشي، دون أن أنتحب، أو تصدر عني آهة واحدة..

والعجيب أن أحدًا لم يحاول سؤالي عن سبب بكائي، أو يقترب مني حتى طوال الفترة التي سالت فيها دموعي..

الجميع اكتفوا بالتطلَّع إليَّ لحظات، ثم انصرفوا غير عابئين، وكأنما لا يعنيهم أمري، أو تشغلهم دموعي..

ربما لأنني لست الطالبة الوحيدة، التي سالت دموعها في الحرم الجامعي..

أو لأنه ليس لي أصدقاء سوى (كريم)، في الكلية كلها.. ربما..

المهم أنني ظللت أبكي لنصف ساعة أو يزيد، حتى خُيل إلى أن دموعي قد نضبت تمامًا، عندما فوجئت بيد تمتد إليَّ بمنديل نظيف، وصاحبها يقول في خفوت:

- جففي دموعك.

خفق قلبي مرة أخرى في عنف، وأنا ألتفت إليه.

إلى (كريم)..

ومع اللهفة التي أطلَّت من عيني، غمغم هو في شيء من الخجل:

- معذرة.. لم أكن أقصد ما قلته.. الواقع أنني أشكرك كثيرًا على ما فعلت من أجلي.. صدقيني.. أنت أفضل أخت لي في هذا العالم.

ولا أحد يمكنه أن يصف خفقات قلبي في تلك اللحظة..

لقد رقص كياني كله معها، وهو يشكرني على ما فعلته من و أجله، وكادت تلك اللحظة تصبح أفضل وأروع لحظات حياتي، لولا كلمة واحدة..

عندما وصفني بأنني أفضل (أخت) له..

لا يا (كريم)..

لست أريد أن أكون أختك..

أريد أن أصبح حبيبتك..

حبيبتك يا (كريم)..

ولكن لا بأس بها من بداية..

المهم أنه شعر بما أفعله من أجله..

وأدرك كم أحبه..

والأكثر أهمية أنه نجح..

نجح نجاحًا ساحقًا في هذا العام، أفضل مرتين من نجاحه في الأعوام السابقة، وكأنما أتت فعلتي ثمارها، وأضافت إليه أصوات نخبة جديدة من الطلاب، مازالت تؤمن بأسلوب اللافتات الدعائية التقليدية..

وفي غمرة سعادته بالنجاح، شكرني (كريم) في حماس لما فعلته من أجله، ثم قال لي في انفعال:

- وبالمناسبة.. آلة التصوير التي أقرضتني إياها، أدت عملها بنجاح منقطع النظير، وأنا أستعد لإقامة المعرض خلال أسبوعين.

صفقت بكفي في سعادة كالأطفال، وأنا أهتف:

- حقًا.

اتسعت ابتسامته، حتى شملت وجهه كله، وهو يومئ برأسه إيجابًا، ويقول في سعادة:

ـ وأعتقد أنك أحق الناس بافتتاحه.

لا أحد يمكنه أن يتخيَّل سعادتي حينذاك؟!

لقد خفقت عروقي كلها بفرحة غامرة، ولم أستطع النوم لأسبوع كامل، وأنا أفكر فيما قاله، وفي المعرض القادم، الذي منحني شرف افتتاحه، وفي كيفية جعله أفضل معرض للتصوير الفوتوجرافي شهدته الجامعة منذ افتتاحها..

ولم يكن هذا عسيرًا، مع اتساع دائرة معارف أبي واتصالاته..

وفي صباح يوم الافتتاح، فوجئ (كريم) بكل الصحف اليومية تقريبًا تشير إلى معرضه، وتصفه بأنه رئيس اتحاد طلاب الكلية وفنان الجامعة، وتصدَّرت صورته باب أخبار الجامعات في إحدى الصحف الشهيرة، وتنازلت أنا عن حق افتتاح المعرض للأستاذ (رءوف)، أشهر مصوَّر صحفي في (مصر) كلها، الذي انبهر بالصور التي التقطها (كريم) بالفعل، وهنأه عليها كثيرًا، وتنبأ له بمستقبل باهر..

بل وبلغت دهشة (كريم) ذروتها، عندما فوجئ بمندوب شركة خاصة يتعاقد معه على استغلال صوره في إنتاج نتيجة حائط أنيقة للعام الجديد، ومنحه عربونًا ضخمًا، مع وعد بوضع اسمه على كل الصور..

وأعتقد أنكم أدركتم على الفور أن هذه الشركة واحدة من الشركات التابعة لإمبراطورية أبي..

ولكن (كريم) لم يدرك هذا لحسن الحظ..

ولقد قفزت سعادته إلى القمة بهذا المعرض، وأخبرني أنني جلبت له حسن الحظ..

وكان كل هذا كفيلًا بتفجير كل ينابيع سعادتي..

لولا صورة واحدة..

صورة وضعها (كريم) في مكان الصدارة في معرضه، وكأنه يحمل لها اعتزازًا خاصًا للغاية..

أو بمعنى أدق، يحمل لصاحبتها كل الاعتزاز والتقدير..

فالصورة كانت لفتاة في مثل عمري تقريبًا، عادية الملامح، بسيطة الملبس، على نحو يشف عن التواضع ورقة الحال، ولكن وجهها كان يحمل ابتسامة عجيبة.

ابتسامة أثارت في أعماقي قدرًا هائلًا من الغيرة، بكل ما تحمله من رقة وعذوبة وسحر..

ابتسامة حب..

- وفي قلق لا يوصف، سألت أحد أصدقاء (كريم) المقربين:

- لماذا أحاط (كريم) هذه الصورة بكل الاهتمام؟

ابتسم صديقه، وهو يتطلَّع إلى الصورة في إعجاب، قائلًا:

- هذا أمر طبيعي، فهي صورة (عزة).

تصاعدت حدة الغيرة في أعماقي، وأنا أسأله:

- (عزة) من؟!

أجاب في بساطة:

- (عزة) ابنة عم (كريم).

كان هذا الجواب وحده يكفي لإثارة أطنان من غيرتي، فما بالكم بما أضافه في هدوء:

- وحبيبته.

ومع قوله، انطلقت خفقات قلبي كقنبلة نووية..

لقد كان الجواب أشبه بصاعقة هوت على قلبي، ومزقته إربًا بلا هوادة..

صاعقة لا تحمل أدنى قدر من الرأفة..

أو الرحمة.

☆ ☆ ☆

الصدمة..

انتهى المعرض، ورفعت كل الصور من أماكنها..

فيما عدا صورة (عزة)..

صحيح أنها لم تعد تحتل مكانها في صالة العرض، ولكن شيئًا لم يستطع انتزاعها من قلبي وعقلي قط..

لقد انحفرت صورتها في كياني، وانغرست فيه، لتدمي قلبي طوال الوقت بلا انقطاع..

لم أستطع قط نسيان ما وصفها به صديق (كريم)..

إنها ابنة عمه..

وحبيبته..

لو أنها حبيبته، فمن أكون أنا؟!

ما موقعي في قلبه؟!

ما الذي صنعه كل ما فعلته من أجله؟!

لماذا هي وليس أنا؟!

لماذا؟!

لماذا؟!

لماذا؟!

لم أناقش هذا الأمر قط مع (كريم)، بل لم أشر حتى إليه، على الرغم من لهفتي طوال الوقت لهذا..

وهو بدوره لم يشر إلى (عزة) هذه أبدًا..

لقد استمرت علاقته بي أنيقة نظيفة، يغلفها الأدب والود، دون أن تتجاوز حدود الصداقة، أو تقترب، مجرَّد الاقتراب، من حافة الحب.

ووقر في قلبي أن (عزة) هذه هي المسؤولة عن الحاجز بيني وبينه..

هي السبب، في أن (كريم) لا يشعر بحبي له..

صحيح أنني لمحت نظرة حب في عينيه مرة أو مرتين، وهو يتحدَّث إليّ، إلا أنها كانت تختفي بسرعة خلف حاجز من الرصانة والاحترام المهذَّب، اللذين ترتجف لهما عروقي حنقًا وغضبًا.

وصدقوني أنني حاولت جاهدة نسيان أمر (عزة) هذه..

حاولت، وحاولت، وحاولت.

ولكنني فشلت..

لم يكن بمقدوري قط أن أنسى الفتاة التي يحبها حبيبي..

لم يكن من الممكن أن أستوعب حتى وجودها..

وكثيرًا ما كنت أتساءل: ما الذي وجده فيها؟!

ما الذي جعله يحبها؟!

وكلما ألقيت السؤال على نفسي، كانت صورتها تتمثَّل في ذهني، بابتسامتها الرقيقة الساحرة، فتمتلئ نفسي بالغيرة والحنق والحسد، وأبكي طويلًا في فراشي..

وعلى الرغم من ثقتي بحبه لها، واصلت علاقتي بـ(كريم)، الذي كاد يطير فرحًا، عندما تم طباعة النتيجة، التي تحوي صوره وتوقيعه، ومال على أذني هامسًا:

- الفضل لك، بعد الله (سبحانه وتعالى).

رقص قلبي فرحًا لقوله، ووجدت نفسي أكره (عزة) هذه أكثر وأكثر، فلولاها لكان قلبه خالصًا لي، بكل حبه ودفئه وحنانه.

ولست أدري كيف مر بنا العام الدراسي، وقلبي يحمل كل هذه المشاعر، ولكنني استيقظت فجأة، لأجد أن (كريم) قد انتهى من الامتحانات النهائية، وبات ينتظر النتيجة، للحصول على درجة (الليسانس)..

وفي آخر أيام العام الدراسي، جلست طويلًا مع (كريم)، الذي حدثني عن آماله وأحلامه، على نحو وجد صدى رائعًا في قلبي، وجعلني أتساءل: أما زال يحب (عزة) هذه حقًا؟!

وعندما نهضنا لننصرف، كدت أتعلق به، وأناشده أن يبقى، فلم يكن بمقدوري أن أتصوَّر أنه سيمضي الصيف كله، دون أن أراه.

ولقد ضغط هو يدي في حنان دافئ، وهو يقول:

- سأبذل قصارى جهدي لنظل على اتصال يا (فريدة)، وأتمنى أن أراك يوم ظهور النتيجة.

قلت بصوت متهدج..

- سأنتظر هذا اليوم بفارغ الصبر.

لم أكد أنطقها، حتى شعرت بخجل عارم، جعلني أستطرد في سرعة:

- لأعرف نتيجتك على الأقل.

حمل وجهه ابتسامة حانية رائعة، وارتفع حاجباه في تأثر، وهو يتطلَّع إلى عيني مباشرة، قبل أن يقول في عمق:

- النتيجة لا تقلقني كثيرًا يا (فريدة).. لقد بذلت قصارى جهدي، وأعتقد أن النجاح سيكون من نصيبي بإذن الله، ولكنه مجرد خطوة في حياة

الإنسان، فالمهم بعدها أن يحصل على عمل جيد، وأن ينجح في حياته العملية، و...

وصمت لحظة، وهو يواصل التطلّع إلى عيني، قبل أن يضيف بصوت خافت حنون:

- وأن يحقق أحلامه.

لا أحد يمكنه أن يرسم صورة لي في ذلك اليوم.

لقد عدت إلى منزلي وأنا أطير من الفرح والسعادة، وعقلي يستعيد كل كلمة نطق بها..

إنه يحبني..

يحبني..

يحبني..

ولكن فجأة، عادت صورة (عزة) ترتسم في خيالي..

وعاد ذلك السؤال البغيض يمزق قلبي..

كيف يحبك، وهو غارق في حبها؟!

القلب لا يحب مرتين..

هكذا علمونا في صغرنا..

وهكذا يقول قلبها..

ومرة أخرى، انتزعت (عزة) فرحة قلبها..

مرة أخرى حرمتها من السعادة بمن تحب..

وبدلًا من أن يرقص قلبها طربًا لكلماته، بات يبكي بدموع من دم؛ لأنه ليس لها..

ولكن هذا لم يمنعها من التفكير في أمره..

وفي كلماته الأخيرة..

النجاح وحده لا يكفي.. المهم أن يحصل المرء على عمل جيد، وعلى حياة عملية ناجحة..

فكرت في كلماته طويلًا وكثيرًا، قبل أن تتجه إلى مكتب والدها، الذي استقبلها بابتسامة كبيرة كعادته، وهو يقول:

- أهلًا يا (فريدة).. كيف حالك، وكيف تسير أيام الإجازة معك؟!

ردّدت تحيته، ثم قلت دون مقدمات، وأنا أضع أمامه بيانات (كريم):

- أبي.. أريد منك أن تجد وظيفة في شركاتك لهذا الشاب.

ارتفع حاجباه في دهشة، وألقى نظرة على بيانات (كريم) في اهتمام، قبل أن يسألني:

- ما مؤهلاته بالضبط؟

أجبته بسرعة:

- سيحصل على شهادة (الليسانس) بعد شهر واحد.

ارتفع حاجباه مرة أخرى، ثم هز رأسه، وسألني:

- لماذا هذا الشاب بالذات؟!

خفضت عيني في خجل وأنا أجيب في خفوت:

- يهمني أمره.

ارتسمت على شفتيه ابتسامة حانية، وهو يغمغم:

- آه.. فهمت.

ثم اعتدل في مجلسه، واستطرد بلهجة رئيس مجلس الإدارة الحاسمة:

- يمكنك أن تطمئنيه، فلو حصل على (الليسانس) هذا العام، سيجد وظيفة محترمة في انتظاره.

قفزت أتعلق بعنقه، وغمرت وجهه بالقبلات، فاتسعت ابتسامته الحانية، وهو يضمني إليه في رفق، وكأنما يعلن موافقته على ارتباطي يا (كريم)، دون أن يسألني عنه أو عن أسرته ومستواه الاجتماعي..

نفس ما كان يفعله، كلما راقت لي لعبة ما في طفولتي.

(فريدة) تحتاج إلى هذا الشيء..

وهذا سبب كاف لحصولها عليه..

وأصبحت أعد الساعات والدقائق والثواني، في انتظار لحظة ظهور النتيجة، لأزف إلى (كريم) البشرى.

بشرى حصوله على عمل في شركات والدي..

ولأنني أنتظر، مرَّت الدقائق كالساعات، والأيام كالشهور، حتى خُيل إليَّ أنه قد مرَّ دهر كامل، قبل أن أهرع إلى الكلية لألتقي به، ونطالع معًا نتيجته..

وكان لقاؤنا رائعًا..

بالنسبة لي على الأقل..

لقد تصافحنا في حرارة، وأطلَّت اللهفة من عينيه، وهو يقول في رصانة:

- أهلًا يا (فريدة).. أوحشتني كثيرًا.

أما أنا، فكدت ألقي نفسي بين ذراعيه، من شدة لهفتي إليه، وتخضَّب وجهي بحمرة الخجل، وأنا أقول:

- أنت أوحشتني أكثر.

وذهبنا معًا لرؤية النتيجة..

ونجح (كريم)..

وفي غمرة سعادته بنجاحه، قلت له في حماس:

- لقد حصلت لك على وظيفة.

تطلَّع إليَّ بدهشة، فأخبرته بالأمر كله، وأطل تأثر واضح من عينيه، وهو يتطلَّع إلى عيني، قائلًا:

- (فريدة).. ماذا كان يمكنني أن أفعل بدونك؟

كانت هذه أروع عبارة سمعتها من بين شفتيه..

ماذا كان يمكن أن يفعل بدوني؟!

ألا يعني هذا أنني متميزة؟!

أنني أفضل منها..

من (عزة)؟!

يومها فقط شعرت أنني تفوقت عليها، وأنني أصبحت أحتل في قلبه مكانة خاصة لن يمكنها الوصول إليها قط..

ولكن ما إن حل الليل، حتى عاد الشعور بالقلق ينتابني..

من أدراني أنه مازال يعتبرني أفضل (أخت) في الدنيا، وأنها وحدها تحتل مكان الحبيبة في قلبه؟!

من أدراني أنني لست سوى صديقة عزيزة، تقدِّم الخدمة تلو الخدمة لصديقها، وأنني لم أحتل في قلبه قط موقع الحبيبة؟!

ذلك الموقع الذي ظفرت به (ليلى)..

(عزة) ابنة عمه..

وحبيبته..

أقلقتني هذه الخواطر والأفكار، طوال اليومين التاليين، وانتزعت مني فرحتي وسعادتي بكلماته وموقفه، حتى علمت من أبي أنه قد تسلَّم عمله بالفعل في واحدة من الشركات، بمرتب لا يحلم به من يسبقه بسنوات من الخبرة.

وأن هذا من أجل خاطري وحدي..

ولأن لهفتي لرؤيته تنتصر دومًا على كل مشاعري الأخرى، قررت أن أذهب لتهنئته في مكتبه الجديد..

وذهبت..

ارتديت يومها أفضل ثيابي، وكأنني في طريقي إلى حفل اختيار ملكة جمال (مصر)، لأنني كنت أشعر في أعماقي بأنني في منافسة دائمة مع حبيبته القديمة..

مع (عزة)..

كنت واثقة من أنني أجمل وأفضل منها، إلا أنني لم أستطع التغلب على ذلك التوتر العنيف في أعماقي تجاهها، وأنا في طريقي إليه.

وعندما وصلت إلى مكتبه، كان قلبي يخفق في عنف شديد، وتوتري يبلغ ذروته، وحنقي على (عزة) يقف على قمة الغضب والثورة، و..

ودون أن أطرق الباب، دفعته لأدلف إلى مكتبه..

كان يوليني ظهره، ويتحدَّث عبر الهاتف في اهتمام شديد..

وسمعت اسم (عزة) على لسانه..

لست أدري ماذا أصابني، عندما سمعته يردِّد هذا الاسم..

لقد تفجَّرت كل توتراتي وانفعالاتي، ووجدت نفسي أصرخ بلا وعي:

- (عزة)؟! (عزة) مرة أخرى؟!

التفت إليَّ في دهشة، وأشار إلى سماعة الهاتف، قائلًا:

- إنها زوجة عمي.. أم (عزة)، تهنئني بالوظيفة، و...

صرخت بكل غضب الدنيا:

- (عزة).. (عزة).. ألا يمكنك التفكير في سواها؟!

اتسعت عيناه في شدة، واعتذر لزوجة عمه في ارتباك، وأنهى المحادثة، ثم نهض إليَّ يسألني في حيرة متوترة:

- (فريدة).. ماذا أصابك؟!

ويبدو أن التفكير في (عزة) لعدة أيام متواصلة ألهب أعصابي بحق، فقد وجدت نفسي أصرخ في وجهه ثائرة:

- ما الذي فعلته (عزة) هذه من أجلك؟! أنا فعلت كل شيء.. أنا وحدي.. نقود أبي وثروته هما السبب في كل ما وصلت إليه حتى الآن..

اتسعت عيناه في ارتياع، وهو يحدِّق في وجهي غير مصدق، ولكنني واصلت في عصبية زائدة:

- لقد أحضرت آلة تصوير يابانية خصيصًا من أجلك، بدلًا من آلة التصوير السخيفة التي تملكها، وصنعت لك اللافتات الدعائية، التي منحتك ذلك الفوز الساحق في انتخابات اتحادات الطلاب، وجعلت الأستاذ (رءوف) يفتتح معرضك، وأجبرت والدي على شراء كل صورك من أجل نتيجة العام الجديد، وبأكبر ثمن ممكن، كما أجبرته على منحك تلك الوظيفة، التي لم تكن تحلم بمثلها، ولا بالمرتب الذي تحصل عليه منها.. أنا فعلت من أجلك كل شيء، وفي النهاية لا تفكر إلا في (عزة) هذه.. (عزة) وحدها.

تلاشت نظرة الارتياع من عينيه، وانعقد حاجباه في صرامة، وهو يقول:

- كفى.

صرخت في وجهه:

- كلّا.. لن أكف.. ينبغي أن تعلم أن (عزة) لم تكن لتمنحك نصف.. أو حتى عشر ما منحتك أنا إياه.. (عزة) لم..

أمسك كتفي فجأة في قوة، وارتجفت الكلمات على شفتيه في غضب، وهو يقول في حدة:

- (عزة) لم يعد لها وجود.

رجتني كلماته حتى الأعماق، فحدَّقت في عينيه مردَّدة:

- لم يعد لها وجود؟!

أجابني في عصبية شديدة، لم أعهدها منه قط:

- نعم.. (عزة) لم يعد لها وجود.. (عزة) ماتت.

انتفض جسدي كله في عنف، وأنا أهتف ذاهلة:

- ماتت؟!

تخلَّى عن كتفيَّ، وهو يقول في توتر:

- نعم.. (عزة) ماتت قبل أن ألتقي بك بعام كامل.. ماتت يسبب سائق حافلة أرعن.

اتسعت عيناي في شدة، وأنا أتمتم:

- ولكن تلك الصورة في المعرض!!

أشاح بوجهه، وهو يقول في مرارة:

لو سألت، لعلمت أن تلك الصورة تتصدَّر كل معارضي.. إنها الصورة الوحيدة التي التقطتها لها.

ثم التفت يرمقني بنظرة نارية، مضيفًا:

ـ التقطتها لها بآلة التصوير القديمة.

انهارت حياتي كله في أعماقي، وأنا أتطلَّع إليه في ذهول، في حين عاد هو إلى مكتبه في بطء، وجمع أشياءه القليلة من فوقه، ثم اتجه إلى الباب في صمت، وأدار عينيه، ليلقي علىَّ نظرة أخيرة..

نظرة جمدتني في مكاني، لكل ما تحمله من لوم وحزن وعتاب واستنكار، و..

وحب..

نعم.. حب..

في تلك اللحظة فقط أدركت أن (عزة) لم تنافسني في قلبه قط..

ربما كانت حبيبته فيما مضى، ولكنها لم تعد كذلك الآن..

لقد كان يحبني أنا طوال الوقت..

أنا..

ولست أدري لماذا تجمدت في مكاني، والتصقت قدماي بالأرض، وهو يغادر المكان..

لماذا لم أقفز لأتعلق به، وأصرخ بأنني لم أقصد أو أعني كلمة واحدة مما قلت له؟!

وأنني أحبه بكل جوارحي..

بكل كياني..

بكل لهفتي ورغبتي كأنثى..

لست أدري حتى هذه اللحظة كيف تركته يرحل؟!

كنت أعلم أنني جرحت كرامته، ومزَّقت قلبه بلا رحمة..

وأنه لن يغفر لي هذا قط..

لقد رحل (كريم)..

لم يرحل من الشركة وحدها، ولكنه رحل من (القاهرة) كلها.

حتى أسرته لم تكن تعلم إلى أين ذهب..

كل ما يعلمونه هو أنه اتخذ قراره بأن يعمل وينجح..

وبدون (فريدة).

بدون ثروة والدها واتصالاته..

ومن مدن شتى كانت تصلهم رسائله، التي تبشرهم بنجاحه في مجال التصوير، وفي سعادته بعمله الجديد..

أما أنا، فقد وصلتني منه رسالة لم يكتبها..

رسالة أدركتها منذ اللحظة التي ترك فيها العمل..

رسالة تقول: إن قلبه ليس للبيع..

لقد أحبني لأنني (فريدة)، وليس لأنني ابنة رجل ثري، يمكنها أن تمنحه كل شيء في الدنيا..

إنه لم يكن ينشد آلة تصوير فاخرة، أو لافتات دعائية أنيقة، أو وظيفة محترمة براتب ضخم، عندما ربط قلبه بقلبي..

فقط، كان ينشد حبي..

الحب الخالص النقي..

الحب الذي لم أنجح في منحه إياه..

ولم أفز به منه..

لقد بذلت قصارى جهدي، لمعرفة، أين يعمل (كريم) ويقيم..

ولكنني فشلت..

أرجوكم، ابحثوا عنه معي..

أبلغوه أنني فهمت رسالته..

وأنني أحبه..

وأريده..

وبأي ثمن..